An Ornaments' Tale

Chet Spiewak

CWS STUDIOS

CGI Graphic Novels & Storybooks

An Ornaments' Tale

FIRST PRINTING - 2006

ISBN-13: 978-0-9785827-0-8
ISBN-10: 0-9785827-0-5

LCCN 2006904904

Published by CWS Studios, Inc.
http://www.cws-studios.com
http://www.3Dstorybooks.com

Printed in the United States of America

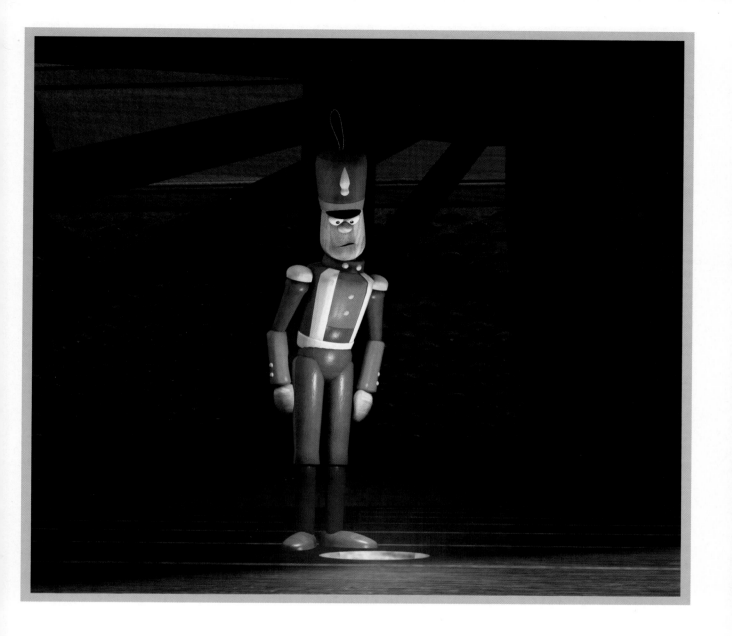

Percy the ornament lived up in the attic with all the other Christmas ornaments. Day after day he would peek down through a hole in the floor, hoping to see something special. And then one day, he spotted it - a fresh green pine tree! The Christmas tree was here at last! Hurray!

Percy ran to tell the others the great news. He ran so fast, he bumped right into Skitter, Oscar and Grady. They were Halloween ornaments. "What's the hurry?" said Skitter. "Late for a train?"

"The Christmas tree is here!" shouted Percy. "Time for joy and cheer!"

"Joy and cheer?" said Skitter. Skitter and his friends didn't know about joy and cheer. They only knew about tricking and scaring.

"The Christmas tree is here! The Christmas tree is here!" shouted Percy again and again. The other ornaments danced and sang with joy. Soon they would be carried downstairs and placed on the Christmas tree. Then they would do what ornaments do best - bring Christmas cheer to everyone!

The elf ornaments went to work shining and dusting, getting all the other ornaments ready to hang on the tree.

Percy and *his* friends got ready, too. They all lived together in a cozy ornament box. There was Fiona the finch, Spencer the teddy bear, Stanley the snowman, Topher the train and Crystal the pretty glass ball.

Percy and his friends were clean and shiny and bright.
They felt ready for Christmas!

They climbed back into their ornament box and waited to go downstairs. They were so excited they could not say a word!

Suddenly they felt the box begin to move! They were on their way downstairs! Soon the family would pluck them from their box and hang them on the shining Christmas tree.

The box stopped moving and the ornaments waited to be taken out.

They waited and waited and waited some more. The
ornaments had never waited this long to be put on
the tree. Something was wrong. Stanley the snowman
took a peek.

"Oh dear!" he cried. "We're still in the attic! Our box
has been hidden in a corner. There's been a terrible
mistake."

"We've been forgotten," said Topher the train. "We're
going to miss Christmas!"

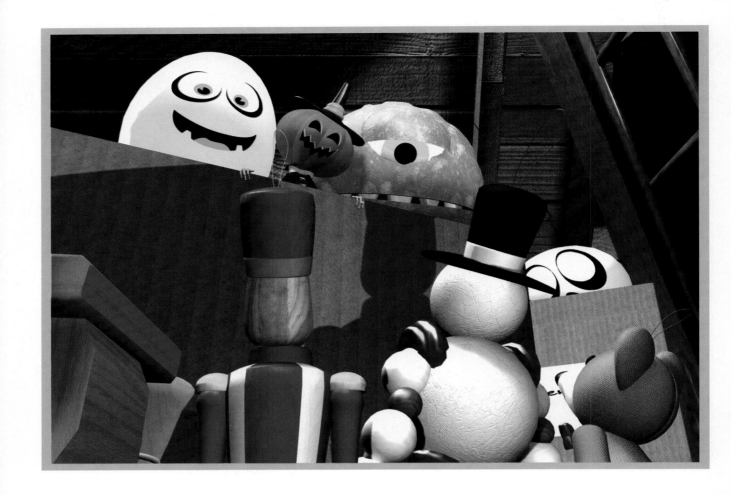

"Who would hide our box like this?" said Percy. "Who would do such a terrible thing?"

"Trick or treat!" shouted a voice. Three Halloween faces popped out from a hiding place. "Did you like our trick?" shouted Skitter the scarecrow.

"We hid your box!" shouted Oscar the monster.

"Surprise, surprise!" shouted Grady the Ghost. "Now you can stay in the attic with us instead of hanging on a dumb old Christmas tree."

The Christmas ornaments were very sad. They really *were* going to miss Christmas. All they could do was watch from far away as the family hung tinsel and strung lights and placed the rest of the ornaments onto the tree.

"I miss the colored lights," said Topher.

"I miss the smell of Christmas treats cooking," said Spencer.

"I miss the sound of Christmas music," said Fiona.

Percy knew what he missed most of all. "I miss spreading Christmas cheer and making people smile."

"Percy's right!" said Crystal. "Spreading Christmas
cheer is what ornaments do best. And we're not going
to let Skitter spoil that for us. There's still one day
left till Christmas! We still have time to get to that
Christmas tree. We must find a way!"

"Yes, yes!" shouted the others. "We must find a way!
Let's go!" Stanley picked up Crystal and away they
all went. Somehow they would find a way to get to
that Christmas tree before it was too late!

They searched the attic from top to bottom and corner to corner. They searched high and low, near and far, but couldn't find any way out. They were about to give up when Stanley said, "Look, I see light over there! Maybe it's a way out!"

"BOO!" cried a voice. The Halloween gang popped out of hiding again. The light was just Grady's ghostly glow. "Did we scare you?" said Skitter the scarecrow.

"Yes, you did," said Spencer. "Why do you h-have to be so m-mean?"

Percy suddenly had an idea. "Maybe they're not being mean," he said. "Maybe Halloween is all they know. Maybe they don't know what Christmas is all about." Percy picked up the Christmas present from Topher's tiny train car.

"Merry Christmas!" he said, and handed the present to the three Halloween spooks.

"What's this?" croaked Skitter. No one had ever given him a present before. "It must be a trick, right?"

"No, it's a Christmas present, from us to you," said Percy. "We want you to have it."

"You're *giving* it to us?" said Oscar. "Because you *want* to?" And suddenly those three spooks got a tiny idea of what Christmas was all about.

"Help!" cried a voice.

Oh no! Stanley and Crystal were in trouble! They had fallen off the bookcase and were hanging from a nail. "It's our fault they fell," said Grady the ghost. "We scared them. Now we have to help them." Then those Halloween decorations did something they had never done before. They helped a friend. It felt really, really good. Even better than scaring.

When Crystal and Stanley were safe, Grady said, "We're sorry we scared you and tricked you."

"Yes," said Oscar, "We didn't *mean* to be mean. We were just doing what Halloween decorations do."

"But now we know what *friends* do," said Skitter. "They help each other. So we're going to help you get to that Christmas tree. Follow me, I've got a great idea!"

Skitter led them to a secret window and out onto the roof. It was cold and dark outside. But as they tip-toed along the top of the house, they heard the sound of sleigh bells far off in the winter sky. It gave them a very warm feeling.

"Where are w-we g-going?" asked Spencer.

"The same place Santa goes," said Skitter. "Down the chimney!"

The ornaments grabbed onto a strand of Christmas lights and, one by one, climbed down the long, dark chimney. Just like Santa. Down, down, down...

"Look out below!" cried Fiona. She tumbled through the air and landed right on top of Topher. "Hang on," Topher said. "We're almost there."

"I hope they have a wonderful Christmas," said Grady
as he waved goodbye to the ornaments.

"Hey, *we* can have Christmas too," said Skitter. "Let's
go open that present from our new friends!"

"Yes, let's!" shouted Oscar. "Hurray! Hurray!"

At last the ornaments, one by one, reached the bottom
of the chimney and stepped into the room.

And there it stood - the biggest, brightest, and most beautiful Christmas tree anyone had ever seen. Christmas Eve was not over yet. They were still in time for Christmas!

"Let's climb up on the couch," said Percy. "Maybe we can jump onto the tree from there."

The ornaments climbed up onto the big soft sofa. But when they got there they felt so tired, they couldn't move another wheel, whisker or wing. They all fell fast asleep.

Christmas morning came in a flash. "Mommy, Mommy," called a child's voice. "Look! Santa left some ornaments for us. And they're the prettiest ones of all!"

Percy and his friends were placed on the Christmas tree, right up front, where everyone could see them.

"Well, well, well," sighed Spencer the bear. "I never had a Christmas like this one. Spooky monsters, walking on roofs, climbing down chimneys..."

"I know," Percy said. "hasn't it been wonderful?"

"Oh yes," said Fiona, "it's been the best Christmas ever."

Fiona

Stanley

Spencer

Topher

Percy

Crystal

"Merry Christmas"

CWS STUDIOS

3D Design Sketches and Artwork

Chet Spiewak

An Ornaments' Tale

Story & Character Design Sketches.

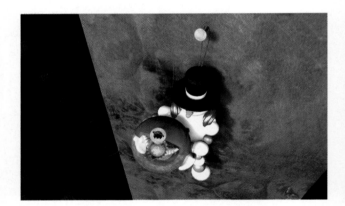

Stanley & Crystal hanging by a nail- nontextured & textured.

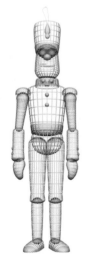

**Cartoon Art
Design Pics
3D Animation
Online Coloring
Storybooks &
Graphic Novels**

Percy character models- 3D mesh, nontextured & textured.

Mały Naukowiec
Mniam! Mniam!

Kiedy w brzuchu burczy nam?

Napisała Janice Lobb
Ilustrowali: Peter Utton i Ann Savage

Spis treści

Tytuł oryginału: Munch! Crunch! What's for lunch?

Published by arrangement with Kingfisher Publications Plc.
Tekst: Janice Lobb
Ilustracje: Peter Utton i Ann Savage

© for the Polish translation by
Anna Tarczyńska

© for the Polish edition by
Firma Księgarska
Jacek i Krzysztof Olesiejuk „Inwestycje" sp. z o.o.

ISBN 83-7423-469-5

Redakcja: Jacek Gutry
Przygotowanie do druku: Wojciech Posłuszny
Druk: Legra sp. z o.o., Warszawa

Książka przygotowana we współpracy z firmą
Book House sp. z o.o.

4 O czym jest ta książka?

6 Dlaczego muszę jeść?

8 Dlaczego chce mi się jeść?

10 Dlaczego chce mi się pić?

12 Dlaczego jedzenie jest smaczne?

14 Dlaczego jedzenie się psuje?

16 Jak przechowuje się jedzenie?

18 Dlaczego chleb rośnie?

20 Co się dzieje z połkniętym jedzeniem?

22 Dlaczego galaretka się trzęsie?

24 Dlaczego masło się topi?

26 Dlaczego kukurydza strzela?

28 Dlaczego patelnie są z metalu?

30 Test

31 Słowniczek

32 Indeks

O czym jest ta książka?

Czy wiesz, że podczas pieczenia ciasta w piekarniku czy smażenia mięsa na patelni zachodzą bardzo ciekawe zjawiska naukowe? Dzięki tej książce zaczniesz uważniej obserwować to, co każdego dnia dzieje się w twojej kuchni. Odkrycia, których dokonasz, będą dla ciebie zadziwiające!

Galeria sław

Chimek i jego przyjaciele pomogą ci zrozumieć zjawiska, zachodzące wokół nas.
Bohaterowie tej książeczki noszą imiona nawiązujące do sławnych odkrywców –
z wyjątkiem gumowej kaczuszki, która – tak jak ty – jest początkującym naukowcem!

Chimek
ARCHIMEDES (287–212 p.n.e.)
Grecki naukowiec Archimedes odkrył, dlaczego jedne przedmioty unoszą się na powierzchni wody, a inne toną. Stało się to, kiedy brał kąpiel. Podobno tak się wtedy ucieszył, że wyskoczył z wanny wołając: „Heureka!", co znaczy: „Znalazłem!".

Marysia
MARIA SKŁODOWSKA-CURIE (1867–1934)
Maria Skłodowska dorastała w czasach, kiedy dziewczęta w Polsce nie mogły studiować na uniwersytecie. Wyjechała więc na studia do Francji. Badała zjawisko promieniotwórczości, za swoje odkrycia otrzymała dwie *Nagrody Nobla* – w 1903 i w 1911 roku.

Franek
BENJAMIN FRANKLIN (1706–1790)
Benjamin Franklin to amerykański polityk oraz wynalazca, który w 1752 roku przeprowadził słynny (i niebezpieczny!) eksperyment. Puszczając w czasie burzy latawiec udowodnił, że błyskawice to wyładowania elektryczne. Dzięki temu ludzie dowiedzieli się, jak chronić domy przed piorunami.

Dorotka
DOROTHY HODGKIN (1910–1994)
Dorothy Hodgkin była naukowcem z Wielkiej Brytanii. Dokonała wielu ważnych odkryć związanych z molekułami i atomami, czyli malutkimi cząsteczkami, z których zbudowane jest wszystko, co nas otacza. Za swoje osiągnięcia otrzymała w 1964 roku *Nagrodę Nobla* w dziedzinie chemii.

Przekonaj się sam!

1 Przeczytaj o zjawiskach, które zachodzą w twojej kuchni. Potem przeprowadź doświadczenia opisane w części „Przekonaj się sam!". Dzięki eksperymentom udowodniono wiele zjawisk naukowych.

2 Dobrze zapoznaj się z opisami eksperymentów i upewnij się, że wszystkie czynności wykonujesz po kolei.

3 Oto rzeczy, które będą ci potrzebne. Przygotuj je przed rozpoczęciem eksperymentu.

głęboki garnek

patelnia do smażenia

fasolka mung

miska sałatkowa i łyżka

szklane słoiki

miarka kuchenna

piłeczka tenisowa

podkolanówka

stare sztućce

notes i ołówek

kukurydza do prażenia

metalowe gwoździe

4 Bezpieczeństwo przede wszystkim!

Proponowane tu eksperymenty są bezpieczne. Mimo to powiedz osobie dorosłej, co będziesz robić i poproś o pomoc, jeśli doświadczenie jest oznaczone rysunkiem dłoni w czerwonym kółku.

Ciekawostki

Ciekawe!

Kiedy zobaczysz słowo napisane *pochyłym tekstem*, możesz sprawdzić jego znaczenie w słowniczku znajdującym się na końcu książki. Warto też zapoznać się z ciekawostkami, które są oznaczone zielonym kółkiem z napisem „Ciekawe!".

Zwracaj uwagę na przydatne wskazówki!

Baw się dobrze!

Dlaczego muszę jeść?

Jemy nie tylko po to, aby czerpać przyjemność ze spożywania pysznych potraw. Zjadany pokarm dostarcza nam również *energii*, która jest potrzebna do wykonywania codziennych czynności i prawidłowej pracy całego ciała. W tym, co jesz, są *składniki odżywcze*. Są one potrzebne *komórkom* – malutkim elementom, które budują twoje ciało. Przez całe twoje życie komórki są bezustannie naprawiane albo zamieniane na nowe, dlatego rośniesz i jesteś zdrowy.

Słodki z ciebie ciężar!

Co powiedziała waga do cukru?

Energia do życia

Zielone rośliny do produkcji swojego pokarmu wykorzystują energię ze światła słonecznego.

światło słoneczne

sałata

ziemniak

ziemniaki na frytki

sałata na sałatki

Człowiek nie potrafi produkować własnego pokarmu tak, jak robią to rośliny. Produkty, które jemy, pochodzą od roślin i zwierząt. Są one przez nas *trawione*, aby nasze ciało mogło odpowiednio je wykorzystać.

Urozmaicona dieta

Każdy, kto chce być zdrowy, musi jeść różnorodne posiłki. Tylko wtedy zapewnisz swojemu ciału wszystkie składniki odżywcze, których potrzebuje.

Do budowy i odnowy komórek potrzebne jest *białko*, które znajduje się głównie w mięsie oraz rybach.

ryba

mięso

jajka

nasiona roślin strączkowych

ziemniak

białe pieczywo

ryż

makaron

Twoje ciało potrzebuje *węglowodanów*, dzięki którym możesz się ruszać i jest ci ciepło.

Tłuszcze to też źródło energii. Tłuszcz może być gromadzony w ciele i wykorzystywany później.

oliwa

masło

Twój organizm prawidłowo rośnie i rozwija się dzięki *witaminom* i *minerałom*.

owoce

warzywa

ser

ciemne pieczywo

Przekonaj się sam!

1 Zrób prosty test sprawdzający obecność tłuszczu. Weź frytkę albo plasterek żółtego sera i dociśnij do cienkiej kartki papieru.

2 Popatrz na kartkę pod światło. Jeżeli w produkcie, który badasz, jest dużo tłuszczu, na kartce pozostanie tłusta plama.

plama

Cytryniarze!

Ciekawe!

Dawno temu w trakcie długich, morskich podróży marynarzom brakowało świeżych warzyw i owoców. Dlatego wielu z nich chorowało na szkorbut, będący skutkiem braku witamin. Po pewnym czasie okazało się, że można temu zapobiec pijąc sok z małych, zielonych cytrynek, które nazywają się limonki. Posiadają one dużo witaminy C. Od tamtej pory brytyjskich żeglarzy nazywa się „Limeys" (czytaj: lajmiz), czyli „cytryniarze".

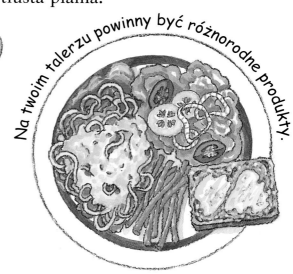

Na twoim talerzu powinny być różnorodne produkty.

7

Dlaczego chce mi się jeść?

Gdy twoje ciało nie otrzymuje składników odżywczych, z których czerpie energię, możesz czuć zmęczenie, a nawet ból głowy. Dzieje się tak, ponieważ w twoim organizmie nie ma już cukru o nazwie *glukoza*, który jest jakby paliwem dla twojego mózgu. Gdy poziom glukozy jest niski, wskaźnik paliwa znajdujący się w mózgu informuje cię, że jesteś głodny. Jeżeli napijesz się czegoś albo coś zjesz, uzupełnisz brak glukozy, którą krew przetransportuje z żołądka do mózgu – wtedy twój głód zniknie!

Dlaczego brzuch burczy?

Bo nie umie mówić!

Do syta

Pusty — Pełny

Głodny!

Po zjedzeniu słodyczy masz więcej energii, ale na krótko, ponieważ niedługo znowu będziesz głodny.

tort

czekoladki

batonik   ciastka

Glukoza z twojego żołądka dostaje się do krwiobiegu.

Produkty zawierające *skrobię* dają ci powolną, stałą dostawę glukozy. Są dla ciebie korzystne, bo po ich zjedzeniu długo czujesz się syty.

Produkty skrobiowe są trawione w długich, skręconych rurkach, które nazywają się *jelita*.

ziemniak

chleb

makaron

ryż

bataty

Pusty — Pełny

Syty!

Jelita

Po zjedzeniu produktów skrobiowych czujesz się przyjemnie najedzony. Nerwy znajdujące się w ściankach żołądka wysyłają do mózgu wiadomość, że jesteś syty.

8

Przekonaj się sam!

1 Przez dwa albo trzy dni prowadź dzienniczek tego, co zjadłeś. Notuj w nim nie tylko co to było, ale też godzinę posiłku.

baton zbożowy

jabłko

winogrona

2 Zaznacz w notatkach, czy posiłek zawierał glukozę czy skrobię? Ile czasu upłynęło od ostatniego posiłku? Po jakim czasie znów chciało ci się jeść?

lody

banan

mleko

kanapka z żółtym serem

3 Z twoich badań powinno wynikać, że kiedy jesz ryż, makaron lub ziemniaki, długo czujesz się najedzony. Posiłki z dużą ilością tłuszczu też dostarczają ci energię, ale możesz czuć się po nich ospały.

Jedząc skrobię, jesteś dłużej syty.

ryż

ziemniaki

Ciekawe! Kiszki grają marsza

Kiedy masz pusty brzuch, czujesz głód. Ciało jest gotowe na następny posiłek i wie o tym twój mózg. Mięśnie żołądka kurczą się i poruszają w jego wnętrzu płyn, który zaczyna się przelewać – wtedy słychać odgłos podobny do burczenia.

Nie jedz za dużo, bo możesz utyć!

9

Dlaczego chce mi się pić?

Woda jest najważniejszą substancją w twoim ciele. Około dwóch trzecich twojego ciała składa się z wody. Kiedy pocisz się, korzystasz z ubikacji, a nawet kiedy wydychasz powietrze – tracisz trochę wody, która musi być uzupełniona, aby krew mogła swobodnie płynąć. Kiedy krew jest bardzo *zagęszczona*, chce ci się pić.

Co powiedziała oranżada do słomki?

Zabawa z panią jest bardzo wciągająca!

Przekonaj się sam!

1 Jeżeli chcesz się przekonać, jak ważna jest woda, wyhoduj kiełki. Na tacy połóż zwilżony papierowy ręcznik i rozsyp na nim nasiona fasoli mung. Na kilka dni pozostaw tacę w ciepłym miejscu i dbaj o to, aby podłoże nie wyschło.

2 Zaobserwujesz, że nasiona będą pęcznieć, a po kilku dniach pojawią się kiełki. To wszystko dzięki wodzie!

Ziarenka nie kiełkują, bo prawie nie ma w nich wody.

sucha fasola

wilgotny papierowy ręcznik

Ziarenka wchłaniają wodę i zaczynają kiełkować.

małe pędy

Musi być równowaga!

Wodę uzupełniasz nie tylko pijąc, ale również jedząc. Szczególnie dużo wody mają w sobie owoce i warzywa.

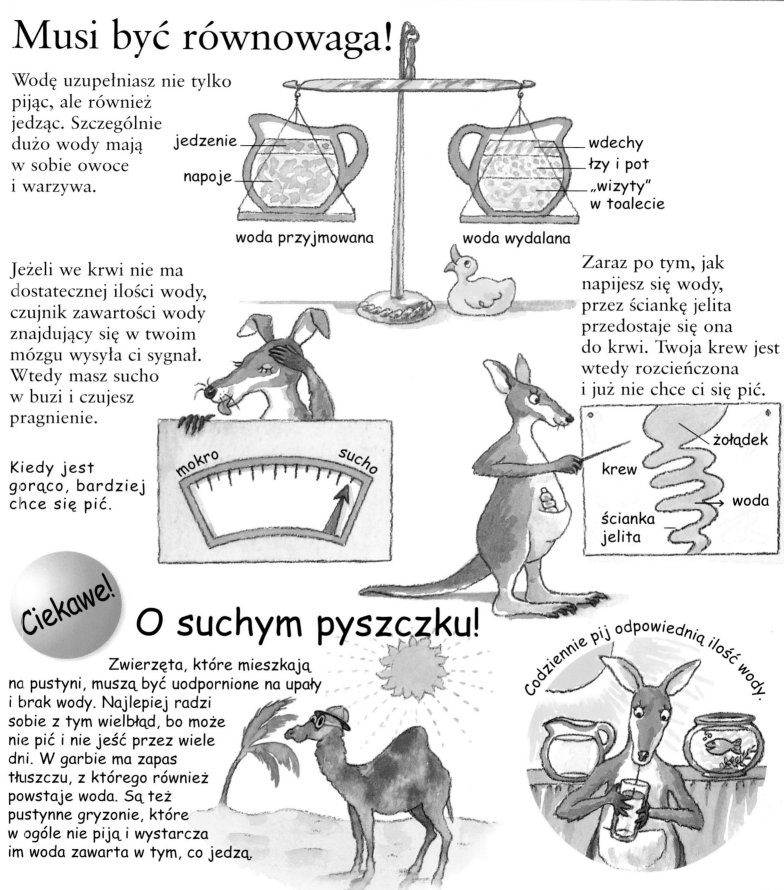

jedzenie

napoje

woda przyjmowana

wdechy

łzy i pot

„wizyty" w toalecie

woda wydalana

Jeżeli we krwi nie ma dostatecznej ilości wody, czujnik zawartości wody znajdujący się w twoim mózgu wysyła ci sygnał. Wtedy masz sucho w buzi i czujesz pragnienie.

Kiedy jest gorąco, bardziej chce się pić.

mokro

sucho

Zaraz po tym, jak napijesz się wody, przez ściankę jelita przedostaje się ona do krwi. Twoja krew jest wtedy rozcieńczona i już nie chce ci się pić.

żołądek

krew

woda

ścianka jelita

Ciekawe!

O suchym pyszczku!

Zwierzęta, które mieszkają na pustyni, muszą być uodpornione na upały i brak wody. Najlepiej radzi sobie z tym wielbłąd, bo może nie pić i nie jeść przez wiele dni. W garbie ma zapas tłuszczu, z którego również powstaje woda. Są też pustynne gryzonie, które w ogóle nie piją i wystarcza im woda zawarta w tym, co jedzą.

Codziennie pij odpowiednią ilość wody.

Dlaczego jedzenie jest smaczne?

O tym, jakie jest twoje jedzenie, informują cię *narządy zmysłu*. Język jest pokryty drobnymi wypukłościami, a na jego czubku, bokach, brzegach i tylnej części są maleńkie *kubki smakowe*, które rozróżniają cztery podstawowe smaki: słodki, słony, gorzki i kwaśny. Zwykle jednak

Co to jest: ma kubki, ale ich nie napełnia.

Język!

podczas jedzenia odczuwasz ich więcej, bo smaki mieszają się. Ważną rolę spełnia twój nos, który czuje zapach tego, co jesz. Wszystko to, a także widok potrawy, sprawia, że jedzenie jest bardzo przyjemne.

Smaki i zapachy

Kubki smakowe są zgrupowane w różnych miejscach języka i reagują na różne smaki. Podczas żucia jedzenie miesza się ze śliną i dotyka kubków, które wysyłają informacje do mózgu.

słodki
kwaśny
gorzki
słony

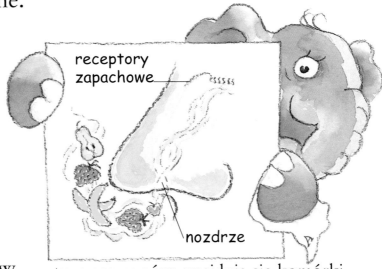

receptory zapachowe

nozdrze

Wewnątrz nosa, u góry, znajdują się komórki zwane receptorami, które rozpoznają zapachy i przesyłają odpowiednie sygnały do mózgu. Kiedy jesteś przeziębiony, to, co jesz, nie smakuje ci, ponieważ nie czujesz zapachów ani smaków.

12

Przekonaj się sam!

1 Sprawdź, jak działają twoje kubki smakowe. Przygotuj kubki z oznaczeniami: „słony", „kwaśny" i „słodki".

2 Napełnij kubki do połowy wodą. Do pierwszego dodaj pół łyżeczki soli, do drugiego – pół łyżeczki soku z cytryny, a do trzeciego – pół łyżeczki cukru.

sól   sok z cytryny   cukier

3 Po kolei umieszczaj odrobinę każdego z płynów na różnych częściach twojego języka (szczególnie na końcu i jego bokach). Zacznij od kwaśnej wody.

Która część twojego języka rozpoznaje kwaśny smak soku z cytryny?

Palący smak

Czy próbowałeś kiedyś potraw z papryką chili? Jedząc pikantne potrawy z pieprzem, ostrą papryką albo gorczycą, czujesz w buzi szczypanie lub pieczenie.

Wewnętrzna strona policzków i język wysyłają do mózgu alarmową wiadomość: „Aaa! Pali się! Wody!".

To, co smakowicie wygląda, nie zawsze jest dobre!

Dlaczego jedzenie się psuje?

Kiedy jedzenie zaczyna brzydko pachnieć i staje się bardziej miękkie niż zwykle, mówi się, że się psuje. Zmieniły je malutkie organizmy, które nazywają się *bakterie* i *pleśnie*. Żywią się i rosną na produktach spożywczych rozkładając je *enzymami*. Bardzo szybko rosną na produktach pozostawionych w cieple. Dlatego lodówka jest takim dobrym miejscem do przechowywania jedzenia!

Ser pleśniowy!

Co to jest: nieświeży, ale przysmak?

Przekonaj się sam!

1 Do słoika włóż kilka kawałków dojrzałych owoców albo warzyw. Zamknij i zostaw go na kilka dni w ciepłym miejscu.

2 Przyjrzyj się zawartości słoika przez lupę. Co widzisz?

świeże owoce

spleśniałe owoce

pleśń

Jak tu czyściutko!

W kuchni są także bakterie wytwarzające szkodliwe substancje, które mogą wywoływać choroby. Można temu zapobiec, dbając o czystość.

Umyj owoce i warzywa zanim je zjesz.

Surowe, czyli jeszcze nieugotowane mięso nie powinno się zetknąć z już przyrządzonym i ugotowanym.

surowe mięso

ugotowane mięso

Zawsze używaj czystych przyborów do gotowania.

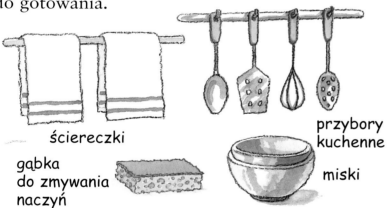

ściereczki

gąbka do zmywania naczyń

przybory kuchenne

miski

Produkty nieugotowane przechowuje się w innym miejscu niż ugotowane.

Świeże mięso przechowuje się na najniższej półce lodówki.

Ciekawe! Lek z pleśni?

pleśń

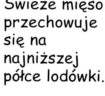

lek

pleśń

Z zielonej pleśni, rosnącej na przykład na owocach, robi się ważny lek, który nazywa się penicylina. Jest ona antybiotykiem, który pomaga zniszczyć bakterie powodujące choroby.

Przed jedzeniem zawsze myj ręce!

15

Jak przechowuje się jedzenie?

Co łączy drzewa i konfitury?

Słoje!

Bardzo dawno temu ludzie często byli głodni, bo szybko kończyła im się świeża żywność. Dzisiaj można przechowywać jedzenie przez długi czas. Trzeba tylko zniszczyć albo zahamować rozwój bakterii i pleśni, które sprawiają, że jedzenie się psuje. Jest na to kilka sposobów, na przykład suszenie żywności, oziębianie albo dodawanie do niej *konserwantów*.

Zatrzymać psucie!

Jedzenie w zamrażarce może być przechowywane przez wiele miesięcy, a w lodówce – przez kilka dni.

Woda może być usunięta z jedzenia, jeżeli będzie ono suszone na słońcu, w specjalnych piecach albo w wędzarniach.

Do konserwowania produktów spożywczych używa się cukru, soli, octu.

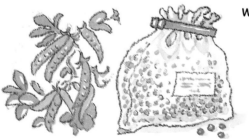

świeży groszek   mrożony groszek

W zamrożonej żywności bakterie się nie rozwijają.

winogrona

rodzynki to suszone winogrona

Bakterie i pleśnie nie rozwijają się w suszonej żywności.

Żywność może być przechowywana przez wiele lat, jeżeli została podgrzana i zamknięta w szczelnych słoikach lub puszkach.

Wysoka temperatura niszczy bakterie znajdujące się w żywności.

Przekonaj się sam! ✋

1 Spróbuj innych metod na przechowywanie jedzenia. Dokładnie obierz ziemniaka i przygotuj trzy frytki. Poproś o pomoc kogoś dorosłego.

2 Rozłóż frytki na trzech talerzykach: jedną posyp cukrem, drugą – solą, a trzeciej nie doprawiaj wcale.

w cukrze

bez dodatków

w soli

3 Jedną frytkę połóż na kawałku papieru i zostaw w przewiewnym miejscu. Dwie pozostałe zawiń w folię kuchenną, potem jedną włóż do lodówki, a drugą – do zamrażarki.

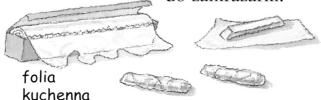

folia kuchenna

4 Po tygodniu sprawdź, które frytki najlepiej się przechowały. Przeprowadź ten eksperyment z innymi warzywami i owocami.

Lodownie

Ciekawe!

Zanim wynaleziono lodówki, ludzie przechowywali żywność w lodowniach. Były to kamienne piwniczki przykryte kopcem z ziemi. Dzięki temu utrzymywała się w nich niska temperatura. Przywoziło się do nich lód w blokach, który utrzymywał się tam do następnej zimy, jeżeli był dobrze obłożony słomą.

Zawsze sprawdzaj datę ważności produktów spożywczych.

Dlaczego chleb rośnie?

Jeżeli przyjrzysz się kromce chleba, przekonasz się, że jest w niej mnóstwo małych dziurek. To one powodują, że ciasto na chleb rośnie. Ciasto robi się z *drożdży*, które rosną, ponieważ czerpią energię z cukru znajdującego się w surowym cieście. Kiedy już zużyją tę energię, w cieście robią się pęcherzyki gazu, który nazywa się *dwutlenek węgla*. Tak powstają dziurki, które są też w słodkim cieście.

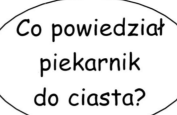

Co powiedział piekarnik do ciasta?

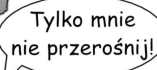

Tylko mnie nie przerośnij!

Rosnąca masa

Surowe ciasto rośnie, ponieważ drożdże wytwarzają dużo pęcherzyków gazu. Do suszonych drożdży, z których ciasto wyrasta bardzo szybko, dodaj ciepłej wody i trochę cukru.

ciepła woda

cukier

drożdże

ciasto rośnie

Małe pęcherzyki dwutlenku węgla tworzą się wewnątrz rosnącego ciasta.

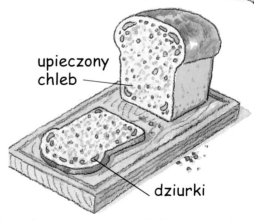

upieczony chleb

dziurki

W podgrzewanym cieście powstają pęcherzyki gazu, które się powiększają. Ciasto otacza je ze wszystkich stron i zostają one „uwięzione" wewnątrz upieczonego chleba.

Przekonaj się sam! 🖐

1 Spróbuj upiec bułeczki – o pomoc w eksperymencie poproś osobę dorosłą! Przepis znajdziecie w książce kucharskiej albo na opakowaniu gotowej mieszanki do pieczenia ciasta.

Mieszanka do wypieku pieczywa.

2 Kiedy już połączycie wszystkie składniki, przetnij powstałą masę i przyjrzyj się, jak wygląda jej środek.

Tworzą się pęcherzyki.

3 Trzeba pozostawić ciasto na pewien czas, żeby urosło. Teraz naciśnij je palcem i sprawdź, co się stanie.

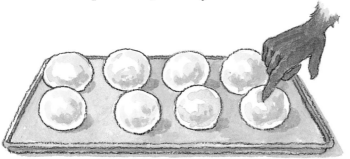

4 Następnie upieczcie bułeczki. Kiedy już wystygną, powinny być lekkie i mieć z wierzchu chrupiącą skórkę. Te wszystkie zmiany w cieście są trwałe.

Ach, te bąbelki!

Bąbelki w napojach gazowanych są takie same, jak te w pieczywie i ciastach – to dwutlenek węgla. Mogą one jednak uciekać i dlatego, kiedy pijesz, trochę łaskoczą cię w nos.

Ciekawe!

Uważaj, żeby twoje bułeczki nie spaliły się i nie zamieniły się w czarne węgielki!

19

Co się dzieje z połkniętym jedzeniem?

Czy wiesz, co się dzieje z jedzeniem, które połykasz? Jest ono przekształcane w mniejsze i prostsze substancje, które mogą być wykorzystane przez organizm. Dzieje się to w *przewodzie pokarmowym*, który rozpoczyna się jamą ustną, a kończy – odbytem. Pokarm przechodząc tą drogą, z jednego końca na drugi, miesza się z różnymi substancjami i jest uciskany przez mięśnie znajdujące się w ścianie przewodu pokarmowego.

Kiedy kaczka podskakuje?

Kiedy ka... czka... czka...

Przekonaj się sam!

1 Łatwiej ci będzie wyobrazić sobie, jak jedzenie przechodzi przez twój przewód pokarmowy, jeżeli wykonasz prosty model. Najpierw weź piłeczkę do tenisa i włóż ją do podkolanówki.

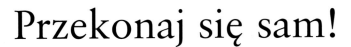

2 Później jedną ręką przytrzymaj koniec podkolanówki, a drugą ściskaj ją wzdłuż tak, żeby piłeczka się przesuwała.

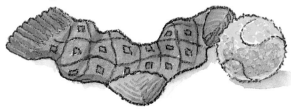

W ten sposób pokarm jest przesuwany przez mięśnie przewodu pokarmowego.

20

Śledzimy drogę jedzenia

Najpierw twoje zęby rozdrabniają i miażdżą pokarm. Po połknięciu przechodzi on rurką o nazwie przełyk w dół, do żołądka.

Żołądek może rozciągać się, żeby pomieścić to, co zjadłeś. W jego ścianach są silne mięśnie, które pracują rozcierając i mieszając jedzenie z enzymami i substancją, która nazywa się *kwas*. Jest to proces trawienia pokarmu.

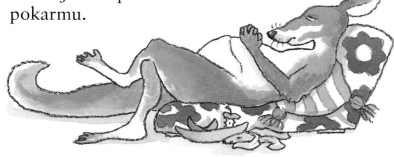

Z żołądka pokarm stopniowo przedostaje się do jelita cienkiego, w którym jest trawiony przez większą ilość enzymów po to, aby substancje odżywcze mogły przedostać się przez jego ścianę do krwi.

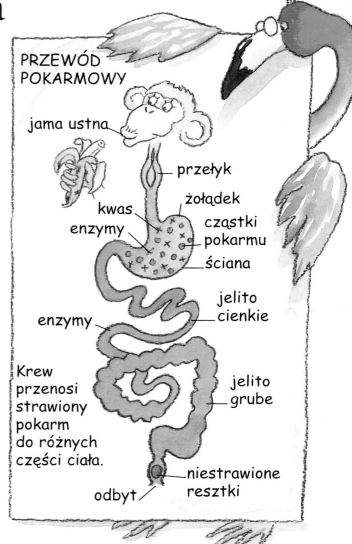

PRZEWÓD POKARMOWY

jama ustna

przełyk

żołądek

kwas
enzymy

cząstki pokarmu

ściana

enzymy

jelito cienkie

Krew przenosi strawiony pokarm do różnych części ciała.

jelito grube

niestrawione resztki

odbyt

Kamienie w żołądku?

Ciekawe!

Niektóre zwierzęta i ptaki specjalnie połykają kamienie. Służą one do rozdrabniania pokarmu i nazywają się gastrolity. Znaleziono je nawet w żołądku skamieniałych dinozaurów. Przez długie lata ocierały się o siebie miażdżąc twarde liście i gałęzie, więc są bardzo gładkie.

Idziesz do toalety, żeby pozbyć się wody i jedzenia, których twoje ciało już nie potrzebuje.

21

Dlaczego galaretka się trzęsie?

Galaretka trzęsie się, bo jest zrobiona głównie z wody oraz *substancji żelującej*, używanej do zagęszczania płynów. Może to być żelatyna albo agar. Substancje te są bezbarwne i nie mają smaku, dlatego są dodawane do pikantnych albo słodkich potraw. Jeżeli do swojej galaretki włożysz kawałki owoców, będzie je widać – co świadczy o tym, że substancje te są również przezroczyste.

> Co to jest: trzęsie się i lata?

> Kaczuszka z galaretki.

Galaretka tężeje

Jeżeli kryształki galaretki są zmieszane z gorącą wodą, rozpuszczają się i powstaje *koloid*.

Schłodzona galaretka zastygnie, czyli powstanie z niej twardy, ale sprężysty żel. Woda nie ucieka, bo została „uwięziona".

Ciepła galaretka jest płynna, więc można wlać ją do foremki.

Przekonaj się sam! ✋

1 Podczas eksperymentu będą ci potrzebne trzy małe foremki. Najpierw przygotuj galaretkę – koniecznie z pomocą osoby dorosłej! Kryształki trzeba rozpuścić w gorącej wodzie, ale użyjcie jej mniej niż w przepisie.

2 Kiedy galaretka nieco ostygnie, wlej po trochu do każdego naczynka. Potem do naczynek dodaj różną ilość zimnej wody i dobrze zamieszaj.

3 Pozostaw galaretki do zgęstnienia. Później zaobserwujesz, że tam, gdzie użyto mniej wody niż jest w przepisie, galaretka będzie bardzo twarda, a tam, gdzie więcej – rozpłynie się.

Odpowiednia ilość wody.   Za mało wody.   Za dużo wody.

4 Możesz też zrobić galaretkę z bąbelkami. Rozpuszczoną galaretkę pozostaw do ostygnięcia, a potem dolej do niej oranżady. Gdy stężeje, zostaną w niej bąbelki.

Galaretka z bąbelkami.

Ciekawe! Wszędobylska substancja

Koloidy są nie tylko w jedzeniu, ale dosłownie wszędzie. To, co jest śliskie, klei się lub trzęsie, na przykład klej czy żel do włosów, ma w swoim składzie koloidy. Wszystkie żywe organizmy – od bakterii po kauczukowce, od ślimaków po rekiny, nawet ludzkie ciało – również są częściowo zbudowane z koloidów.

W owocach jest pektyna, która jest żelującą substancją ułatwiającą gęstnienie dżemów.

Dlaczego masło się topi?

Co masło powiedziało do grzanki?

Spływam!

Zimne, wyjęte z lodówki masło jest twarde. Jeżeli postawisz je w ciepłym miejscu, zrobi się tak miękkie, że będzie można nim z łatwością posmarować chleb, zaś w ciepłym rondlu – rozpuści się. Dzieje się tak, ponieważ masło łatwo zmienia się z ciała stałego w ciecz. Ciało stałe jest to coś, co nie zmienia swojego kształtu ani rozmiaru, a ciecz – przeciwnie – zmienia swój kształt dostosowując się do naczynia. Twarde masło zostanie w jednym miejscu, a rozpuszczone – musi być w naczyniu, bo inaczej rozpłynie się.

Przekonaj się sam!

1 Na plastikowym talerzyku połóż kawałek masła, kostkę czekolady, woskową świeczkę i kostkę cukru. Zostaw całość na słonecznym parapecie albo przy ciepłym kaloryferze.

wosk

masło

czekolada

cukier

ciepło słoneczne

2 Po godzinie sprawdź, jakie zaszły zmiany. Która substancja rozpuściła się?

Jakie widzisz różnice?

24

Temperatura topnienia

Niektóre ciała stałe zmieniają się w ciecz podczas podgrzewania. Możesz to zaobserwować, gdy paląca się świeca, zacznie się topić. Eksperyment ten można przeprowadzić tylko w obecności osoby dorosłej!

Do tego, żeby masło stopniało, nie potrzeba dużo ciepła, bo masło ma niską *temperaturę topnienia*. Podobnie zachowuje się plastik i dlatego naczyń z plastiku nie używa się ani do gotowania, ani do pieczenia w piekarniku.

plastikowa miska

Plastik topi się.

Nie kładź niczego plastikowego na gorącej kuchence.

Materiały, z których zrobione są garnki, rondle i patelnie, mają wysoką temperaturę topnienia, dlatego nie będą topiły się podczas podgrzewania.

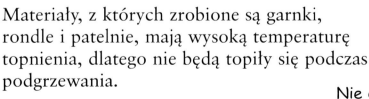

Nie dotykaj gorących garnków!

metalowy rondel

Masło kiedyś i dziś!

Ciekawe!

Czy wiesz, że aby wyprodukować jeden kilogram masła potrzeba aż 20 litrów mleka? Masło robi się potrząsając i ubijając tłuszcz oddzielony od śmietany. Dawniej robiono je ręcznie w drewnianych maślnicach i trwało to około godziny. Dziś specjalna maszyna robi masło w kilka sekund!

drewniana maślnica

Jeżeli włożysz czekoladę do kieszeni – czekolada rozpuści się!

25

Dlaczego kukurydza strzela?

Co powiedziały chipsy do prażonej kukurydzy?

Nie bądź taka nadęta!

Czy wiesz, jak ziarenka kukurydzy zmieniają się w prażoną kukurydzę, czyli popcorn? Kiedy ziarenka podgrzewa się na małej ilości oleju, odrobina wody, która jest w środku, zmienia się w parę i rozrywa ziarenko. Skórka pęka, a do środka dostaje się dużo powietrza, więc skrobia pęcznieje i staje się kilkakrotnie większa niż w ziarenku. Jest ona źródłem energii dla kukurydzy, a także dla ciebie, jeśli ją zjesz.

Właściwości ziaren

W ziarnach roślin należących do rodziny traw, takich jak kukurydza, pszenica i ryż, jest zgromadzona skrobia. Jest to ich materiał zapasowy, który wykorzystują do kiełkowania i wzrostu nowej rośliny.

Twarde ziarna kukurydzy są trudne do strawienia, ale prażone – są lekkie i puchate, dlatego możesz je jeść ze smakiem!

pszenica

To są trzy rośliny zbożowe.

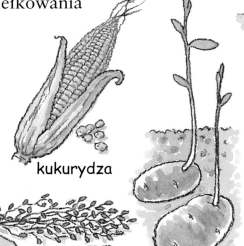

kukurydza

ryż

Ziemniak przechowuje skrobię w podziemnych bulwach.

ziemniak

Przekonaj się sam!

1 Przygotuj prażoną kukurydzę. W sklepach można kupić ziarno kukurydzy do prażenia na kuchence gazowej, elektrycznej albo w mikrofalówce.

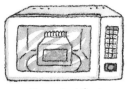

płyta kuchenki

mikrofalówka

2 Poproś osobę dorosłą o pomoc w eksperymencie. Przygotuj trochę oleju i głęboki garnek z przykrywką.

olej

ziarenka

3 Postępuj zgodnie z przepisem na opakowaniu. Kiedy kukurydza będzie już na rozgrzanym oleju – słuchaj uważnie. Jaki to dźwięk?

Pstryk! Pstryk!

4 Kiedy popcorn będzie już gotowy, przełóż go do dużej miski i dodaj trochę soli albo cukru. Smacznego!

Po prażeniu.

Przed prażeniem.

Ciekawe!

Ale sztywny!

Krochmal to proszek otrzymywany z roślin zbożowych i ziemniaków.

Służy on na przykład do produkcji papieru, kleju czy zagęszczania żywności. Kiedyś krochmal z ziemniaków albo ryżu, używano przed prasowaniem do usztywniania tkanin i bielizny.

Na śniadanie możesz jeść prażone płatki zbożowe!

Dlaczego patelnie są z metalu?

Patelnie są zwykle zrobione z metalu i dlatego są one dobrymi *przewodnikami* ciepła. Oznacza to, że ciepło szybko przez nie przepływa, więc i one szybko się rozgrzewają. Patelnie nigdy nie rozpuszczają się, bo metale, z których są wykonane, mają wysoką *temperaturę topnienia*. Może to być żelazo, miedź lub aluminium, z dodatkiem innych metali, które dają naczyniom do smażenia i gotowania odporność na zużycie.

Co powiedziała patelnia do kuchennej orkiestry?

Ja tu najlepiej przewodzę!

Przewodzenie ciepła

Nierozgrzana, metalowa patelnia jest zimna w dotyku, bo odbiera ciepło z twojej ręki.

Kiedy dno patelni rozgrzewa się, ciepło szybko przechodzi na jej pozostałe części.

Ciepło patelni jest przenoszone na potrawę, która staje się coraz bardziej gorąca.

Metal odbiera ciepło z twojej ręki.

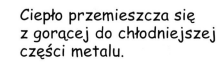

Ciepło przemieszcza się z gorącej do chłodniejszej części metalu.

Przekonaj się sam!

1 Zbadaj, jak substancje znajdujące się w jedzeniu powodują, że metale *matowieją* lub pojawia się na nich *rdza*. Przygotuj dwa szklane słoiki i kilka metalowych przedmiotów, takich jak folia aluminiowa, gwoździe, monety oraz stare sztućce.

folia aluminiowa

posrebrzana łyżeczka

żelazne gwoździe

miedziane monety

widelec ze stali nierdzewnej

2 Do jednego słoika na wysokość około 2 cm wlej roztwór wody z octem. Dodaj do niego trochę soli oraz ubitego, surowego jajka i zamieszaj. Do drugiego słoika wlej taką samą ilość wody i dodaj łyżkę oczyszczonej sody oraz strączek fasoli.

3 Do obydwu słoików powkładaj metalowe przedmioty i pozostaw je na kilka dni. Później sprawdź, jakie zaszły zmiany. Co stałoby się z jedzeniem, gdybyś użył takich przedmiotów w kuchni?

Czyste żelazo pokryje się rdzą.

Stal nierdzewna nie zmieni się.

Ciekawe! Przejrzyj się!

Współcześnie lustra są produkowane ze szkła, ale do XVI wieku były robione z metalu. Wypolerowany metal odbija światło i dlatego nowe garnki oraz inne metalowe naczynia zazwyczaj pięknie błyszczą. Z czasem jednak, kiedy są używane w kuchni, tracą blask. Wyjątkiem są odporne na zniszczenie naczynia ze stali nierdzewnej. Nie tylko nie pokrywają się rdzą, ale są również bardzo trwałe i nie matowieją tak szybko.

Nie dotykaj gorących, metalowych uchwytów!

29

Test

1 Co to znaczy, że dieta jest urozmaicona?

   a) Jest to jedzenie jednego produktu.
   b) Jest to jedzenie różnych produktów.
   c) Jest to ważenie produktów przed zjedzeniem.

2 Kiedy brzuch burczy?

   a) Kiedy jesteś najedzony.
   b) Kiedy chce ci się pić.
   c) Kiedy jesteś głodny.

3 Co jest wewnątrz wielbłądziego garbu?

   a) Tłuszcz.
   b) Woda.
   c) Mleko.

4 Gdzie masz kubki smakowe?

   a) W gardle.
   b) Na języku.
   c) W ręce.

5 Co bakterie i pleśnie robią z jedzeniem?

   a) Utrzymują je w świeżości.
   b) Powodują, że się psuje.
   c) Poprawiają jego smak.

6 Co powoduje, że ciasto rośnie?

   a) Drożdże.
   b) Woda.
   c) Masło.

7 Dlaczego niektóre zwierzęta połykają kamienie?

   a) Ponieważ nie mają nic innego do jedzenia.
   b) Kamienie służą im do miażdżenia jedzenia.
   c) Kamienie służą im do czyszczenia zębów.

8 Co się dzieje z płynem, jeżeli doda się do niego substancję żelującą?

   a) Robią się w nim bąbelki.
   b) Rośnie.
   c) Zsiada się.

9 Co się dzieje z masłem, gdy osiągnie temperaturę topnienia?

   a) Z ciała stałego zamienia się w ciecz.
   b) Z ciała stałego zamienia się w gaz.
   c) Z gazu zamienia się w ciecz.

10 Dlaczego kukurydza strzela?

   a) Bo jest podgrzewana.
   b) Bo jest zamrażana.
   c) Bo jest krochmalona.

30

Odpowiedzi szukaj na stronie 32.

Słowniczek

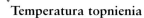

Bakterie
Mikroorganizmy, które składają się tylko z jednej komórki.

Białko
Najważniejszy składnik pokarmowy, który jest potrzebny do wzrostu i odnowy organizmu.

Drożdże
Rodzaj maleńkich grzybów, które żyją na podłożu zawierającym cukier. Spulchniają one ciasto przez wytwarzający się dwutlenek węgla.

Dwutlenek węgla
Gaz znajdujący się w powietrzu i produkowany przez ciało, kiedy komórki wykorzystują energię czerpaną z pokarmu.

Energia
Siła potrzebna do wykonania jakiejś pracy lub jakiegoś działania.

Enzymy
Substancje złożone z komórek, które regulują różne procesy życiowe. Spełniają one ważną rolę w trawieniu, bo rozkładają jedzenie po to, żeby mogło być przyswojone przez organizm.

Glukoza
Rodzaj cukru, który dostarcza komórkom energię. Jest transportowany w organizmie z krwią.

Jelita
Najdłuższy odcinek przewodu pokarmowego, w którym zachodzi trawienie pokarmu oraz wchłanianie składników pokarmowych. Rozróżnia się jelito cienkie oraz jelito grube.

Koloid
Substancja, która powstaje, kiedy woda jest połączona z substancją żelującą.

Komórki
Najmniejsze żyjące jednostki, które tworzą ciała roślin i zwierząt. Są różne rodzaje komórek i pełnią one specjalne funkcje w organizmie.

Konserwanty
Substancje dodawane do produktów spożywczych, które hamują rozwój bakterii i pleśni. Chronią one żywność przed zepsuciem i jest ona wtedy dłużej przydatna do spożycia.

Kubki smakowe
Kubki smakowe są zespołami komórek, które znajdują się wewnątrz wypukłości na powierzchni języka i odbierają smak potraw oraz napojów.

Kwas
Substancja chemiczna, która ma kwaśny smak. U człowieka i ssaków, jako składnik soku żołądkowego, pomaga on w trawieniu.

Matowieć
Powodować, że metal traci połysk i kolor.

Minerały
Składniki pokarmowe, które są niezbędne do prawidłowego funkcjonowania naszego organizmu.

Nagroda Nobla
Międzynarodowa nagroda przyznawana za wybitne osiągnięcia naukowe, literackie lub za działalność na rzecz pokoju.

Narządy zmysłu
Za pośrednictwem nerwów przekazują do mózgu informacje, o tym, co dzieje się na zewnątrz i wewnątrz ciała. Mogą to być: język, oczy, uszy, skóra albo nos.

Pleśnie
Małe grzyby, które żywią się zepsutymi resztkami innych organizmów, pokrywając je gęstym, białym lub barwnym kożuszkiem.

Przewodniki
Ciała lub substancje, przez które swobodnie przepływa ciepło albo prąd elektryczny.

Przewód pokarmowy
Długi odcinek składający się z różnych narządów, z których pierwszym jest jama ustna, a ostatnim – odbyt.

Rdza
Czerwonobrązowy osad, który tworzy się na przedmiotach z żelaza i stali pod wpływem wody lub wilgotnego powietrza.

Składniki odżywcze
Substancje zawarte w pożywieniu, które są niezbędne do prawidłowego wzrostu i rozwoju żywych organizmów.

Skrobia
Podstawowy, węglowodanowy składnik pożywienia człowieka, a także materiał zapasowy roślin.

Substancja żelująca
Substancja, która zmieszana z wodą tworzy koloid.

Temperatura topnienia
Temperatura, która powoduje, że substancja zmienia swój stan – z ciała stałego zamienia się w ciecz.

Tłuszcze
Składniki pokarmowe, które są źródłem energii oraz budują ciało.

Trawić
Przekształcać składniki odżywcze tak, żeby mogły być wchłonięte i wykorzystane przez organizm.

Węglowodany
Składniki pokarmowe, które są najważniejszym źródłem energii i ciepła.

Witaminy
Składniki pokarmowe, które występują w pokarmach w niewielkich ilościach. Są one potrzebne ciału do prawidłowego wzrostu, przemian i napraw.

Zagęszczona krew
Duża utrata wody z ciała powoduje zagęszczenie krwi. Wtedy nie krąży ona jak należy i wydalanie szkodliwych produktów jest utrudnione. Organizm nie funkcjonuje prawidłowo i pojawia się złe samopoczucie.

Indeks

glukoza 8–9, 31
głód 8–9

J

jelita 8, 11, 21, 31
język 12–13

B

białko 7, 31
bakterie 14–15, 16, 31
burczenie w brzuchu 8, 9

C

chleb 7, 18
ciało 8, 9
ciało stałe 24, 25
ciecz 24, 25
ciepło 28
cukier 6, 8

D

drożdże 18, 31
dwutlenek węgla 18, 31

E

energia 6, 7, 8, 26, 31
enzymy 14, 21, 31

G

galaretka 22–23
gastrolity 21

K

koloid 22–23, 31
komórki 6, 7, 31
konserwanty 16, 31
krew 10, 11, 21
krochmal 27
kubki smakowe 12–13,
  31
kukurydza 26–27
kwas 21, 31

L

lodownie 17
lodówka 14–17

M

masło 24–25
maślnica 25
matowieć 29, 31
metale 28–29
mięśnie 20, 21
minerały 7, 31
mózg 8, 9, 11, 12

N

narządy zmysłu 12, 31
nos 12

O

odbyt 20, 21

P

penicylina 15
picie 10–11, 19
pikantny 13
plastik 25
pleśnie 14–16, 31
połykanie 20–21
przewód pokarmowy
  20–21, 31
przewodniki 28, 31

R

rdza 29, 31

S

składniki odżywcze 6–8
  21, 31
skrobia 8, 9, 26, 31
smak 12–13

N (sok)

sok z cytryny 7, 13
stal nierdzewna 29
substancja żelująca 22–23,
  31

T

temperatura topnienia
  25, 28
tłuszcze 7, 31
toaleta 10, 11, 21
trawić 6, 21, 31

W

węglowodany 7, 31
wielbłąd 11
witaminy 7, 31
woda 10–11

Z

zagęszczona krew 10

Ż

żel 22–23
żołądek 8, 9, 21

Odpowiedzi na pytania testu ze strony 30:
1. Jest to jedzenie różnych produktów. **2.** Kiedy jesteś głodny. **3.** Tłuszcz. **4.** Na języku. **5.** Powodują, że się psuje. **6.** Drożdże. **7.** Kamienie służą im do miażdżenia jedzenia. **8.** Zsiada się. **9.** Z ciała stałego zamienia się w ciecz. **10.** Bo jest podgrzewana.